U0127249

周此山先生詩集卷之三

五言律詩

溪村即事

寒翠霏崖壁塵囂此地分鶴行松逕雨僧倚石闌雲竹色溪陰見梅香岸曲聞山翁邀客飲閑話總成文

曙岩上人

岩扉人不到竹色滿僧闌林雨添逕潤窗

雲入硯寒夜龕貓占卧晨鉢鶴分餐客至無餘事敲冰煮月圓

答張渭濱

與子三年别相思日幾回携琴林下在沽酒隴頭梅驛遠書難寄山深雁不來渭濱千畝竹淡漾自徘徊

過山居

數里榕陰合迢迢過客稀溪煙梅子熟山

偏穩

雨藥苗肥窗冷雲侵座琴清月在扉怡然無俗事我已早忘機

贈别

之子梁園彥才華迥不羣書燈雙鬢雪野雨一犁雲久病憐為客多愁忍送君鍾山吾舊隱不用勒移文

訪張山民

又携書卷出幾度不逢君枯沼肥添雨寒松暖借雲山窗多樹色石逕光苔紋後夜梅應發清樽擬共分

次韻古琴上人

曳杖雲中寺嵐生古殿陰泉冰冬澗澁山雨夜鐘沉酒熟村家近梅開野岸深松風千古意留客聽清琴

野趣

地傍居自陰石路接平田雲合茅檐樹雨

投

添花澗泉空山晴滴翠遠水綠生煙喚酒
青林度斜陽繫客船

送別

南雁歸應盡携書始問程别離情意惡貧
賤意難明樹色春城暗鐘聲曉寺清孤燈
山驛酒後夜共誰傾

曉堂

極目秋無際寥寥倦客心香禽蒼樹合野

棹綠荷深宿雨含清曙殘雲破遠陰清涼
無限興曳杖向東林

僧舍逢故人

空寂禪棲地跫然偶盍簪關河千里道風
雨十年心歸鶴赴松暝流螢度竹深絕憐
清夜興話舊不成吟

倦遊

萬事雙蓬鬢江山賦倦遊斷猿明月曙疏

雨碧梧秋道路中年感琵琶後夜愁客懷無處寫離情滿滄洲

野寺

艤棹投業苦途僧話白頭百年王謝燕萬事海翁鷗流水山門古閑雲野殿秋夜深鐘磬絕鶴唳楚山幽

宵征

野路無郵傳迢迢幾程天河山外落江月

水中行客久夜偏冷車單馬易驚前津分曙色山腰有農耕

次韻汪德華

酷為吟成癖憐君帶眼寬親闈才念遠客路早知寒疏樹蟬聲雜長空雁影單悠悠江溪潤樽酒寫清原缺

郭外

郭外人家少漁村颺酒旗江雲低壓樹沙

竹細穿籬地暖梅花早天寒潮信遲夕陽煙景外倚杖立移時

意行

畧約三家市溪迴墅路分輕暾晞竹露宿雨落松雲山寺依岩見村春隔塢聞欣欣農事集聊得狎鷗羣

社日

端居忘節序物化靜中觀遠岫春雲淡深村社雨寒溪花紅映屋階樹綠平闌喧醉田間叟雞豚日暮懽

山莊夜宿

岸幘閑舒嘯襟懷爽似秋荷深香細細雲淡意悠悠流水空山靜殘蟬綠樹稠偶來成獨宿涼月夜當樓

卜隱

養靜習成癖居貧道已聞蒲團延客話芋

火就僧分林潤夜疑雨窗寒曙拂雲叢叢墻下菊書暇亦鋤耘

來雲僧舍

聯雲開佛屋接竹引岩泉路滑迷霜葉鐘寒原缺曙煙有為皆是幻無想總成禪夢覺僧簷雨重來又十年

次韻錢濟川

蹔艤東風棹相逢漢水濱一樽東峴酒萬里北歸人柳拂宮橋曉花明驛路春明朝又山嶽恨別謾勞神

次韻汪德華

寂寞山陽寺相懽把酒巵江湖千里客風月一囊書渡晚歸人少沙寒落雁遲明朝淮水隅何處寄相思

沉雲趣

逃名瀟洒客結屋跨雲根風月供千首乾

坤寄一樽孤鐘臨水寺長笛落梅村談易
筍窗下超然隔世喧

稽子安遷居

半世湘東客欣然遂卜居淡煙沙外逕明
月竹邊廬水落寒溪淨秋高老樹疏別來
無便雁為報近如何

汪良甫夜飲

瀟洒一林酒臨風寫素琴潮生春浦暗月

落夜城沉拂曙星河淡含煙草樹深長歌
体語別華髮欲盈簪

次韻汪可道

楚楚山陰彥長遊楚水濱尺書新寄鴈十
載幾懷人客夢蘆花雨詩情柳絮春何時
歸話舊沽酒為吳樽

再次韻紹本初

羊裘人已遠猶說漢江山不為三公貴輕

拋半日閑遺臺蒼樹梢清籟白雲灣千載
惟鷗鳥相看不厚顏

和同舟葉宰韵

邂逅南歸客扁舟相問津一樽風月與萬
里水雲身京洛紅塵舊功名白髮新素看
吾道泰梅報一枝春

客中送叔歸去

相逢俱是客對酒感流年落日山頭鴈清

風樹杪蟬山鐘隔林寺江火趁潮船何日
茅簷下清燈話霅川

七言律詩

金山妙高臺

妙高臺上金為界不二門中鉄作關萬古
雲根孽梵剎六朝山色入僧闌浮沉世事
風濤外突兀樓臺宇宙間往古與今多少
恨夕陽送盡暮鐘寒

秋霽

梧雨聲輕爽籟生年華流水鬢星星夜含露氣漫漫白秋入山光楚楚青欹樹帶蟬侵竹座斷雲和雁落蘆汀酒醒誰鼓松風操炷罷爐香洗耳聽

村居秋日

瓜苧芃芃綠滿疇村居客意樂深幽白雲僧屋間孤嶂疎竹人家帶淺流半榻青燈

初耿夜一聲長笛欲橫秋何時歸把滄洲（原缺）已插閒盟向白鷗

贈松崖道士

名山歷遍氣飄浮面帶風霜雪滿頭碧澗寒通丹墀曙青松影落石壇秋布袍洗藥香猶濕沙瓮藏茶火自留笑問閒風何似是追遊還許借青牛

春初宿湖山僧舍

竹床紙閣淨無塵僧芋爐邊偶共分爐火
夜紅松節耐渚波春綠荻芽新林深瀑潤
全疑雨日落山寒半是雲相對不知身是
客孑然房琯悞前因

西村

松聲翠氣薄吟衣曲逕盤盤護槿籬野碓
春泉分澗急山鍾送曙出雲遲人家繹艾
端陽節天氣黃梅細雨時刈麥插秧農事
足西郊生意綠無涯

輓徐松軒

謾說童顏骨可仙養生至理亦難言世情
誰慟西州路座客空懷北海情花落鵑啼
江樹碧松深鶴怨嶺雲昏可憐曠代風流
盡猶醉南薰一斷魂

金陵懷古

繁華富貴逐風飄玉樹酣歌似昨朝千載

英雄總邱隴六朝興廢付漁樵花香紫禁人煙合路斷金根王氣銷舊事已隨流水遠澄江夜夜自平潮

莫春

綠樹亭亭午陰遲倦遊情思不成詩落花春晚客中酒鳥啼日長人在棋盤篆香銷深院寂鞦韆影（原缺）畫闌欹橋邊頻適觀漁興飛絮風萍約半池

村行

風落漁歌隔浦聞前村獨樹正斜曛誰家桃李迷荒棘高隴牛羊卧古墳橋斷春堤多積雨野深野碓自春雲青旗搖曳疏林處剩把閑題與客分

病起

坐學跏趺念已輕偶親藥裹識參苓半夜多病頭應白萬事無心夢轉清剩有農談

來野老已無官況忤山靈不嫌華帶頻移
眼得似梅花太瘦生

甘露寺

神人高處卓雲根龍脊橫定勢欲奔江上
青山幾今古簷間明月自朝昏僧衣泉石
心愈遠蜃吐樓臺氣不吞搔首長淮煙樹
表數聲漁笛欲銷魂

輓徐克倫教授

富貴鶯花舊雪川當時曾識米家船十年
菊負淵明酒半世芹香鄭老氈月落淮雲
沉斷鴈夜寒楚雨怨芳荃此歌定疊西風
裏誰為孤相（原缺）斷弦

張氏新居

小雨東風拂袂寒神仙華屋畫圖間茶香
入座午烟歇花影壓簾春晝閑翠竹白沙
泉細細朱闌綠樹鳥關關客來一笑推棋

泉細細來飄綠樹高臨鶴客來一笑推棋白
入座千洄影花影隱簾春畫閑翠竹白沙
小雨東風拂袂寒神仙華屋畫圖閑茶香
泉久辭居
裏誰著許相（原缺）斷端
沉斷酒夜寒鐘雨滴芳金此影沉疊西風
萬負浪且酒半世杆看鄉未過月落淮雲
留墨隱花舊雪三留岩留藏米發留十年

輓徐友信數敎
未數聲漁笛敎鎖渦
心愈遠原比樓臺流不存境首居淮邊樹
青山幾今古齊間明月自迴容借不泉石
神入高處草潭根龍青橫流勢欲旁江上
白露寺
眼得似梅花太瘦生
來勢己無沉許山靈不嫌華蒂須移

局坐占溪南十里山

贈雲趣道人

玉笛聲斷海風寒曾訪丹邱覓大還萬里蓬瀛黃鶴晚十年雲水白鷗閑花開抱膝吟消日茶罷携琴坐看山笑殺紅塵吹客夢神仙原只在人間

和靖墓 宋林逋謚和靖

斷碣難磨照世名當年馬鬣野雲平浮飄

鶴夢橫窗冷慘淡梅魂繞樹清雪後園林誰獨步夜深水月定同盟我來俯仰寒光裡一盞寒泉薦落英

次韻雲上人

綠竹數椽茅一把生涯流水意逍遙當階蒼石平為磴跨澗危槎卧作橋芳朮施收同茗煮落花閑拾合香燒月明露冷看松夜野鶴翩翩不可招

秋日

石脈泉花蘸眼明竹根沙路舊經行雲歸天際山容淡日落江頭雁影橫梧葉庭除秋漸老豆花籬落晚初晴客行迢遞歸心急煙火蒼茫起暮程

次韻汪伯和

溪曲扁舟載鶴歸客來談笑有餘師共傾鄭老樽前酒細和坡翁林上詩雪後生涯黃(原缺)長年來心事白鷗知文章千載傳宗印母惜玄機露一絲

友人來貍奴

裹鹽覓得烏圓小鼠穴俱堵闔室安閑借花陰便晝暖時親蒲座伴仁闌多年不壓無魚食教子新添減鶴餐分送故人應好去慎防書架莫辭勞

閑居

鐘鼎山林有命存遊心物外已忘言希夷太華煙霞室處士孤山水月村齪齪可憐雞舞甕昂昂未羨鶴乘軒不須對客談餘事笑須琴歌月下樽

秋望

暮鴉歸處斷霞明搔首風前萬里情煙抹山光翠屏冷水涵天影玉壺清蟲鳴沙逕宵初永雁落蘆汀月未生何事數聲江上

笛吹將離恨滿城孤

江村夜泊

山擁孤城枕大江數間草閣寄吟床月籠沙磧當窗白風撼潮聲拍枕涼黃葉蕭蕭人不寐青燈耿耿夜初長雲深老雁歸何日腸斷蒹葭水一方

張氏閒居

昂莊老鶴守書堂更有閒雲護短墻眼底

何年看突兀人生隨處且徜徉嵐蒸暖翠侵幃潤風約飛花入座香不管喉聲喧客夢樹陰佳處借繩床

次韻友人

人問青雲聽足音如何投策向山林桃花落盡曉溪急燕子歸來春雨深百歲間愁消酩酊一襟古意托遥岑相逢我自憐憔悴莫把清辭化楚吟

晚春

輕車繁吹(原缺)紛紜滚滚香浮紫陌塵杜宇青山三月暮桃花流水一溪雲東風旗旆亭中酒小雨闌干柳外人何許數聲牛背笛天涯芳草正斜曛

九日

座上風流憶孟嘉憑高目斷楚天涯百年歲月催蓬鬢十載江湖負菊花小雨釀寒

侵白紵西風憐醉避烏紗閑携榔栗吟歸
路流水殘雲帶暮鴉

雨後觀荷

雲劍湖天玉界明洗粧擁出萬娉婷水光
澄眼晴方好花氣撩人遠益清夜月闌干
人不寐晚風襟袖酒微醒女郎急槳歸何
處隔浦遥聞笑語聲

輓袁伯長學士　詩稿曾蒙題跋

賔客如雲藹縉紳紫宵處處掌絲綸曾留
東閣觀奇士深為北門惜老臣自愧俚謠
無律吕豈期長物入陶鈞十年不下梁松
拜囬首亞驚松樹春

其二

文采風流白玉堂華星雲沒麗寒芒春視
晝日明宫錦曉佩天風冷水蒼玉笋班中
人遽遠金花戕上墨猶香登門舊日候門

客來奠梅花斷腸

輓劉聲翁

獨懷經濟負雄姿緩帶輕裘鬢欲絲揮麈清談驚四座登樓高視俯羣兒結廬郭外看山夜留月樽前宴客遲已矣九泉呼不起為研露松寫哀辭

對雪

凍共江雲噤曉鴉重裘添盡客寒多扁舟剡曲誰清興斗酒新豐自浩歌天地一壺開玉界星沙萬斛落銀河醉敲冰硯題新句無奈坡翁白戰何

同楮里古夜飲

十年契濶感飄零剪燭西窗話舊情海上飛鵬風萬里雲邊鳴雁月三更駐顏未識青精飯馹釃先叨玉糝羹別後酒徒清散盡梅花猶自歲寒盟

盡梅花酒自藏寒題

青精飯露光已玉蔘滋沒酒在清散

飛靈風萬里雲邊高屏且三更醒未醒

十年與淵激飄香傳魂回酒橋椿海上

回首里古夜寬

白無奈坡谿山數句

開王界星河萬斗落桌洞霹鼓冰明鎖舞

到由誰清興斗酒聲豐自浩慶天地一壺

凍共江雲喚鷗重來添盡客寒多酒中

對雪

先為研露松酒家辭

看山夜留且梅前宴客遍已來凡泉甲不

清談驚回座於梅樹古硯瀟華宛語酒郎外

醉霞經濟負無花情眉勝春軒來遊鬢影簾

夢劉聲綰

寄來眞梅花圖賜

多景橋

北固峯高翠色浮。斷崖千丈障東流。誰言宇宙無多景。今見江山第一樓。雲氣曉含簷角雨。濤聲夜落海秋門。客來莫問孫劉事。恨石苔深萬古愁。

京師

金入金河挹玉虹。塡街車擁塵紅。九重天近風雲壯。萬雉城高鼓角雄。花底催朝冠佩列。酒邊聽曲綺羅叢。太平光景春臺樂。物物薰陶聖化中。

闕下遙瞻

穆穆皇風世道淳。吾君歛福錫斯民。六龍日煥彤墀曉。五鳳雲深紫禁春。洞達遐荒無異俗。癏痌痛疾視同仁。野人親覲朝剛整。可是乾坤氣象新。

看鏡

年華暗逐水東流試拂青銅滿袖秋病髮易凋成種種壯心不競付休沐風霜道路之天老煙雨關山不奈愁何日賦歸林下去一樽聊與慰蕭颼

次韻子昂學士人日立春詩 附原唱

子昂詩云

今年人日與春并人得春來喜氣迎宮柳風微金縷重御溝冰泮玉鱗生陰消漸覺餘寒散陽長爭看曉日明霜鬢洲猶渾不稱強裁新句慰羈情

今日今年樂事并新春只遣鬢猶迎一元块圠新調變萬物洪纖總樂生早有東風消摯凍漸舒化日作晴明玉堂人醉梅花底門帖新題寄官情

賀歐陽公除翰林學士

除書飛下五雲端光煥蓬萊紫閣寒照此

聲名山岳重絶塵襟度雪霜寒玉堂晝永

吟詩好紫硯春濃草詔閑入覲清光天咫

尺又分蓮炬下金鑾

呈陳衆仲助教

圜橋詞翰妙無雙快寫平生磊落腸下榻

清風延孺子高樓豪氣卧元龍闕山夢隔

無千里雨露恩疏天九重又佩江南文印

去秋江一路正芙蓉

葉敬常賢良

談笑青雲激壯懷決科射策尚徘徊超超

麾電鞭霆手落落昂霄聳壑林簷雨青燈

官舍酒鄉心明日故園梅快哉此去魁多

士萬里驊騮道路開

謝歐陽學士

曾洒驪珠被短編七襄欲報邈天孫空懷

春草池塘夢莫寫梅花雪月魂台閣文章

端典麗雅山林氣質借清溫床頭萍綠多
矜色長價還從薛下門

次韻孟韶卿見元詩選

知道麗公不出山客來訪鶴借山看海棠開
盡雨方歇燕子來遲春尚寒一搗煙霞隨步
屧千峯紫翠入憑闌棹頭巢父成何事謾向
珊瑚拂釣竿

周此山詩集卷之三終

詣與靈雅山林氣習恬清溫床西壁禪寂

好色長價遞從辭下門

次韻送⋯

知道胸公不出山客來談鶴借山看海棠開

遶西古聚谿子來速春西寒一憩煙霞隨步

雁千峯聚翠入雲閑樟頭萬丈政何事讀白

翔翔峥嵘笋

周北山詩集卷之三終

周此山先生詩集卷之四

五言絶句

次韻僧惠茶

開樽酌溪緑秋興可蕭騷重哦惠休句目
送吳鴻高

悼白石道士馮鶴嶼

白石長碧苔閑庭落珠蕊老鶴去不還空
山自流水

雜興

泉花濕澗雲篆香寒瓦鼎柴門桑樹陰坐
玩清晝永

其二

閉門屏來轍枕書睡初熟覺來淡無蹤看
遍堦南竹

其三

流水數家村青山白塢雲春晚落紅深夜

寒溪上雨

其四

凉蟾淨如洗酒醒夜寂初山簷宿雨多空堦響餘滴

其五

枯藤墮晚花竹外溪光滿山僧出幾時石上雲猶暖

其六

酸風侵短褐野路迂澗南薄暮欲飛雪梅香點歸驂

其七

晨光潤烏几博山穗煙碧山重汲泉花來作硯蟾滴

其八

倦迹無造請卜居翠微深幽意素所愜泉風隅寒林

其九

寒童引羸驂路入蒼巘去深處有人家雞鳴白雲樹

其十

暮靄襲吟袍夜火燃枯竹盎然坐春和爐香芋初熟

十一

看松坐危石瀹茗爨枯籜振衣山下去白雲滿幽壑

十二

西陽轉林腰水木愈清麗歸雪不肯栖浩蕩弄山翠

十三

野芳韵幽襟暄影豆春意僧居白雲清深磬出林際

七言絶句

客至

閑携雪瀑煮春茶多病無錢送酒家怪底今朝來好客青燈開徹夜來花

題松

桑樹鷄鳴坎吠蛙午煙隔水幾人家青松雖已沾霜雪村到山中亦有花

埽徑

剥啄無人晝閑門庭花春晚雪紛紛山童不解山翁意埽破蒼苔一徑雲

溪上

薄雲殘雨曉天晴暖翠浮嵐入袂青岸閣漁舟人不見桃花深處水泠泠

晚眺

閃閃歸鴉過别林斜陽流水意沈沈數聲樵笛人何處一路寒山晚翠深

雪霽

寒侵竹屋瓦燈青獨對枯梧興似僧落月推窗看殘雪梅花半樹一溪冰

漁翁

鶴髮崢嶸兩鬢絲白鷗相近久忘機綠蓑帶雨不垂釣閑埽秋雲坐石磯

其二

轉棹收緡日未西短蓬斜閣斷沙低賣魚買酒歸來晚風颭蘆花雪滿溪

晚望

帖帖平疇稻未黃疏煙老樹帶秋光山鐘敲斷前村雨三兩歸鴉背夕陽

寫梅花賦

幽夢初圓畫景長黃鸝聲歇燕飛忙西軒過雨春陰合綠氣薰蒸筆硯香

信題

已識浮雲似世情歲寒老硯是心朋平生

不貸監河水自擷芹香煮澗冰

雪後

野梅香煖雪初晴客子離居意似僧欲策
陳玄供醉帖硯寒猶帶夜來冰

立春日晚坐

山雲漠漠樹蒼蒼風薦池荷滿意香獨據
繩床眠未得一簷松雨夜初凉

次韻友竹弟南明山

秋深槲樹滿空山飯罷僧袍掛石闌洗盡
十年塵土夢天風吹瀑落雲寒

晚渡

離離野樹綠生煙灼灼山花爛欲然沽酒
人歸春渡急柳根閑繫夕陽船

九日山行

玉削雲邊紫石岡天風吹瀑下雲莊行行
携客尋詩去濃把茶煎當菊觴

桃源圖

蒼莽煙水隔塵凡。源上霞蒸曲曲山。一日漁郎歸去後。武陵春色滿人間。

送貍奴無言師

香積清齋禪老家。地無餘鼠浣塵沙。貍奴不用嘶尸素。清夜蒲團伴結跏。

晚眺

翠潤侵衣竹滿闌。雨餘爽氣挹西山。一聲孤鶴歸何晚。帶得閒雲作伴還。

村居

疏竹人家短短墻。綠陰深處水村涼。山風吹斷崖前雨。高樹蟬聲正夕陽。

除夕長河客舟

爆竹聲中歲又闌。畫船列炬照坡寒。清樽今夕同誰飲。自買樓花對竹看。

夜宿山寺

深羅一徑曲通幽空翠森森擁殿浮桂冷
松香僧睡去月明閑却一堂秋

白石庵

地幽山氣藹空嵐葉落蕭蕭白石庵歸鶴
一聲無覓處松梢孽月影璆璆

和友人韻

北覲天光雨露低芒寒閣道映文奎秋水
木落關河濶萬里風雲壯馬蹄

后土祠瓊花

東風何處擅穠華只有揚州第一花天上
神仙膚似雪繂雲深擁七香車

清真道院

空翠森森擁（藹）殿（洞）浮（天）躡雲來訪洞中仙滿襟
詩思清如水寫盡松花一硯香（煙）

晚棹

白水清林暗曉晴野禽樹底原缺三字東風

十幅蒲帆飽快試淮南一程

雨後

鳴鳩村暗曉寒天白水交流亂野田落盡殘紅春不管一川風雨閣榆煙

次韻馮仲遠

長河柳暗春波碧青帘搖曳廚煙寂客舟無處醉梨花自買肥羔作寒食

劉伶墓

荷鍤相隨死便埋生平只合等浮埃千醉一醉不知曉誰向蒼苔酹一盃

偶題

春風吹綠偏天涯野路晴煙漾柳花鶴髮老人茅店下一樽相對話桑麻

邳州

百城殘城古下邳白門樓下草萋萋古來多少英雄恨落日城頭烏夜啼

進履橋

博浪沙頭恨未消斃秦語項不終朝漢家

四百年宗社開闢宏基在此橋

沛縣

天原荒草入青原古縣殘橋一雍壓千載

芒碭銷王氣斜陽流水落寒煙

道傍即事

閑馬嘶雲收遠蕪高原下隰盡耕鋤太平

里巷都無事老卒支頤聽讀書

武城縣

牛刀小試恢恢手庭訟都無犴獄空宜把

弦歌為縣譜寥寥千載接清風

凌州

縈紆河水走長虵汩汩黃泥逐浪浮棹斷

續櫓聲驚睡一舟衝雨下凌州

端午

河上人家插艾蒿紛紛炊黍買香膠客懷
寥落真無那暮雨孤舟讀楚騷

客枕

落葉蕭蕭擁石闌轆轤聲斷井花乾夜深
天濶風霜緊雁落滄江月正寒

歐陽學士過訪

玉堂仙吏枉華鑣客舍如何采澗毛袖有
建溪春一掬第四句原缺

晚秋

浦溆明寒透橘洲雁風吹老一天秋漁翁
醉卧蘆花底流水晚煙閑釣舟

值雨憇僧舍

畫篆縈紆香半殘隅闌翠柳拂疏煙勿論
塵土東華客著我僧氊聽雨眠

瓜洲度

江花江水兩悠悠萬事匆匆付白頭又向

瓜洲買樽酒一蓬煙雨話揚州

潘易齋寫水墨梅

胸中一卷畫前（原缺）筆底萬斛江南春莫向冰紈寫孤潔從他水月自精神

水天一碧亭

吟鬢蕭蕭風雪客黃河太華親曾識托衣舒嘯巍然亭月盡江淮天一碧

吳秋山寫江淮秋意

江天漠漠秋無際數點淮山冷屏翠開拈枯筆酒松腴半幅生綃千里意

九日

霜螯新斫芼橙香風物繁華感異鄉剩買黃花簪帽額中樓呼酒作重陽

即事

晨墟洗歸鬻魚鰕兩岸鬒童牧艾豵賦斂輸官農事足太平氣象屬淮沙

立春

宴能辛盤轉曉風乾坤生意浩無窮宿雨新捲山前雨元氣淋漓萬木中

周此山先生詩集卷四終

跋

余近從國子先生陳君衆仲讀所作周衡之詩集序恨未見其詩與其人後月餘衡之並揭故袁文靖公伯長今歐陽翰林原功所爲序見予示道里且以詩見貽適余在公未遑談及三家所稱雖不及見而其人之賢其集之可傳可見矣夫詩道之在天下其正如日月星辰山川草木鳥獸其變如風雲雷雹然騰虎躑豈難知哉在盡其常通其變而已惜不得與衡之共論之也

元統二年九月二十日揭傒斯書

己巳仲秋以元詩送枝溪之演仙源松下泉湘桐谷野趣佛舍逢故人六首補舟行阻潮及次韻壺韶卿二首

拙農識

图书在版编目(CIP)数据

周此山先生诗集/浙江大学图书馆编.--杭州:西泠印社出版社,2011.4
ISBN 978-7-5508-0056-4

Ⅰ.①周… Ⅱ.①浙… Ⅲ.①古典诗歌-诗集-中国-元代 Ⅳ.①I222.747

中国版本图书馆CIP数据核字(2011)第050375号

責任編輯：楊　舟
責任出版：張金鴻

周此山先生詩集（一函二册）

出版　西泠印社出版社
發行　華寶齋古籍書社
印刷　杭州富陽古籍印刷廠
裝訂　華寶齋（浙江省富陽市江濱東大道二一一號）
版次　二〇一一年四月第一版第一次印刷
印數　一——五〇〇
定價　陸佰捌拾圓

ISBN 978-7-5508-0056-4

ISBN 978-7-5508-0056-4